Cyfres Cae Berllan

Cyfrinach y Bwgan Brain

Heather Amery

Darluniwyd gan Stephen Cartwright

Addasiad Sioned Lleinau

Chwiliwch am yr hwyaden fach felen sydd ar bob tudalen.

Dyma fferm Cae Berllan.

Dyma Mari Morgan. Hi sy'n ffermio. Mae ganddi ddau o blant o'r enw Cadi a Jac. Gwalch ydi enw'r ci.

Mae Gwyn Morgan yn gweithio yn y sgubor.

'Beth wyt ti'n gwneud, Dad?' holodd Jac. 'Rwy'n clymu gwellt wrth y polion yma,' atebodd Gwyn Morgan.

'Beth ydi e?'

'Cewch weld cyn bo hir,' meddai Dad. 'Beth am i chi fynd i'r sied i nôl fy hen got. Dewch â fy het hefyd.'

‘Bwgan brain ydi e.’

Mae Cadi a Jac yn dod â'r got a'r het. Wedyn maen
nhw'n helpu Gwyn Morgan i wisgo'r bwgan brain.

'Mae fel hen ddyn bach caredig.'

'Fe all e wisgo fy hen fenyg i,' meddai Jac. 'Beth am ei alw'n Mr. Gwelltog,' meddai Cadi.

'Dyna fe'n barod.'

'Cydia yn ei goes, os gweli di'n dda Cadi,' meddai
Gwyn Morgan. 'Bydd angen y rhaw arnom hefyd, Jac.'

Draw â nhw i'r cae gwenith.

Dyma Gwyn Morgan yn palu twll a gwthio'r polyn iddo er mwyn i Mr. Gwelltog fedru sefyll i fyny'n syth.

'Mae'n edrych yn wych!'

'Rwy'n siŵr y bydd Mr. Gwelltog yn dychryn yr adar i gyd,' meddai Jac. 'Yn enwedig y brain,' meddai Cadi.

Mae Mr. Gwelltog yn gwneud gwaith da.

Bob dydd, mae Gwyn Morgan, Cadi a Jac yn galw i weld Mr. Gwelltog. Ond does byth adar yn y cae.

'Edrychwch ar fwgan brain Huw Bryn Coch.'

'Druan bach ohono,' meddai Jac. 'Mae'r adar yn bwyta'r gwenith i gyd ac yn aros ar ei ben.'

'Pam mae Mr. Gwelltog mor dda?'

'Weithiau, mae'n edrych fel petai'n symud,' meddai
Cadi. 'Mae ei got yn ysgwyd yn rhyfedd iawn.'

'Beth am fynd yn fwy agos.'

'Rhaid i ni fod yn dawel iawn,' meddai Jac. Mae'r ddau'n croesi'r cae ar flaenau eu traed at Mr. Gwelltog.

'Mae rhywbeth y tu mewn i'w got.'

'Mae'n symud o hyd,' meddai Cadi. 'Ac mae'n
gwneud sŵn rhyfedd. Beth sydd yno?' meddai Jac.

'Y gath a'i chathod bach.'

Mae'r ddau'n agor y got yn ofalus. Yno mae Meri Mew
a'i dwy gath fach yn cuddio'n gynnes glyd yn y gwellt.

'Dyna gyfrinach y bwgan brain.'

'Mae Meri Mew yn helpu Mr. Gwelltog i ddychryn yr adar,' meddai Cadi. 'Da iawn Mr. Gwelltog,' meddai Jac.

Cynllun y clawr: Hannah Ahmed   Gwaith digidol: Natacha Goransky
Cyhoeddwyd gyntaf gan Usborne Publishing Ltd., 83–85 Saffron Hill, Llundain EC1N 8RT. Hawlfraint © Usborne Publishing Cyf., 1990, 2004 www.usborne.com
Cyhoeddwyd gan Wasg Gomer, Llandysul, Ceredigion SA44 4JL yn 2010 www.gomer.co.uk Teitl gwreiddiol: *Scarecrow's Secret*